LES
ÉGLANTINES,

POÉSIES

PAR

BENJAMIN BESSÈDE.

.... J'apporte avec un peu de sueur
et de meurtrissures le petit bloc
que chacun de nous, en passant.
est obligé d'apporter à l'œuvre
toujours si imparfaite de l'homme.

Lettre de M. de LAMARTINE *à*
l'auteur.

Livraison.

LA ROCHELLE,

A. VIGY, Libraire et Papetier, rue du Palais, 19

1845.

DÉCLARATION.

.... Je viens, confiant en mon œuvre,
Dans le temple nouveau travailler en manœuvre ;
J'apporte ce que Dieu mit de force dans moi ;
A défaut de talent , j'apporte de la foi !

                                        B. B.

Avant de publier ces faibles opuscules ,
J'ai lutté bien longtemps pour vaincre mes scrupules ;
Je redoutais de voir mon incapacité
Se montrer trop à nu par la publicité.
Étant bien pénétré que ces fruits de mes veilles ,
Eclos, comme en rêvant , n'étaient pas des merveilles ,
Je craignais que le monde, en m'accusant d'orgueil,
Ne fît à mon ouvrage un trop mauvais accueil ;
Et que, pour me punir de ma folle entreprise ,
Il ne me fît bientôt payer cher ma méprise ;
Car , sans aller chercher le mérite des vers ,
Des riches et des grands je fronde les travers ;
Je combats constamment leur affreux égoïsme
Et je montre à leurs yeux avec quel héroïsme
Le peuple sait souffrir les plus grandes douleurs ,

C.

En espérant le jour qui doit sécher ses pleurs.
Voilà ce qui pourra soulever des colères
Et faire critiquer mes rimes populaires ;
Mais, dussé-je tomber sous les coups ennemis !
On me verra toujours parmi les insoumis
Réclamer, tous les jours et sous toutes les formes,
Dans l'état social de profondes réformes.
Cette œuvre est , je le sais, difficile à remplir ;
Mais j'ai le dévoûment qu'il faut pour l'accomplir.
Je me voue avec joie à cette noble tâche
Et je ne veux jamais y mettre de relâche.
Tant que dans ma poitrine un cœur palpitera
Et que de nos malheurs la cause existera ;
J'en jure devant Dieu, qui lit dans ma pensée ,
On me verra toujours , sentinelle avancée,
Défendre le drapeau que j'arbore aujourd'hui
Ou mourir, s'il le faut, en combattant pour lui.
Jamais d'un baillon d'or l'espérance honteuse
Ne fera reculer ma muse courageuse.
Je signe, devant Dieu , en ce jour solennel.
Un pacte trois fois saint, pour un temps éternel,
Avec le travailleur dont je prends la défense,
Parce que j'ai souffert de sa même souffrance ,

Que mon front s'est courbé sous ses rudes travaux
Et que j'ai pris ma part de ses tristes fléaux ;
Car je suis, comme lui, sorti de la poussière ;
Je naquis de parents de la classe ouvrière,
De l'école, à treize ans, repoussant le souci,
Mon père était tailleur, je fus tailleur aussi.
Dérobant au sommeil l'heure silencieuse,
J'ai formé, j'ai nourri ma muse travailleuse,
Et je suis glorieux de ma condition ;
Je ne veux rien de plus : je n'ai d'ambition
Que celle de pouvoir être utile à mes frères
Qui souffrent, ici-bas, d'indicibles misères.
Je veux aussi porter ma pierre au monument
Dont l'école du Christ posa le fondement.
Voilà pourquoi je viens, confiant en mon œuvre,
Dans le temple nouveau travailler en manœuvre,
J'apporte ce que Dieu mit de force dans moi ;
A défaut de talent j'apporte de la foi :
C'est elle qui m'inspire et me donne la force
De m'offrir au public sous ma grossière écorce.
Mon vers est peu civil et marche sans détours ;
Je ne le pare pas d'inutiles atours,
Car ma muse est inculte et poussée au rivage

Sous les pieds des passants, comme une fleur sauvage.
Son germe sommeillait sans pressentir son sort :
Il resta vingt-trois ans à prendre son essor!
Mais, un jour, il advint que, cédant à la peine,
Mon corps, las de traîner une trop lourde chaîne,
Ressentant de la fièvre un symptome fatal,
Fut chercher un refuge au sein d'un hôpital. (1)
Je ressentis alors un étrange délire ;
Il me semblait entendre une céleste lyre
Qui transportait mon cœur dans un monde nouveau ;
Un feu continuel consumait mon cerveau ;
Et, pendant plus d'un mois, ma faiblesse insensée
Demeura constamment dans la même pensée :
Et, lorsque mon esprit recouvra la raison,
Dès son premier soleil il fit sa floraison.
Les fleurs qu'il produisit ne sont pas odorantes :
Elles vivent un jour et sitôt sont mourantes ;
Mais, depuis, chaque aurore a vu naître sa fleur
Et toutes sont au moins de la même couleur.
C'est pourquoi, confiant dans l'ardeur qui m'enflamme,
Je laisse déborder les élans de mon âme,
Et tout fier de l'état que j'exerçais jadis,
J'en aborde un nouveau par un *nunc dimittis....*

A M. DE LAMARTINE.

—

« Et l'homme est ainsi né fruit vivant de la terre
» Non comme Jéhova complet et solitaire,
» Mais de deux composé, mâle et fémelle; afin
» Que sa dualité lui révélât sa fin. »

LAMARTINE.

O toi dont les accents
Epanchent un parfum sur mon âme et mes sens;
Toi dont la voix arrive
Comme un concert d'oiseaux, un chant de séraphin,
Un murmure plaintif qui nous vient de la rive
Et que j'entends sans fin !

O poète! dis-nous quel feu divin t'anime?
Qui donc sut t'inspirer ce cantique sublime?
Quel génie en tes mains mit la harpe de Dieu?
Où puises-tu ton art? oh! dis-nous, en quel lieu?
Aux cimes du Liban? Dans la longue avenue,
Un archange, bien sûr, purifia ta vue.
Et là, devant tes yeux, montrant le cœur humain,
De le charmer sans doute il t'apprit le chemin.
Il t'apprit les concerts des célestes phalanges
Et les mots si touchans de tous les petits anges.
Et toi, depuis ce temps, tu suivis ces leçons.
Depuis ce temps aussi tu parles leur langage,
De l'oiseau du vallon tu comprends le ramage,
Et de la brise encor tu nous traduis les sons.

Je comprends, comme toi, le couple humanitaire, (2)
Et je veux pour patrie avoir toute la terre.
Je veux un Dieu pour tous; un souverain pouvoir
Qui fasse du travail notre premier devoir,
Qui, donnant à chacun le produit de ses veilles,
Honore le talent, enfante des merveilles.
Le sang me fait horreur, le glaive a fait son temps;

Car j'ai foi que la terre arrive à son printemps.
L'homme comprend enfin sa grandeur immortelle,
Il presse dans son cœur la croyance nouvelle.
Le vieux temple est petit, il n'y trouve plus Dieu;
Il le cherche pourtant du bout d'un pôle à l'autre;
Il méconnaît souvent son plus fervent apôtre,
— Mais ne t'arrête pas, marche!, pas de milieu!—

— Va, prophète de Dieu, du peuple et de la femme!
Marche vers l'avenir, mais de toute ton âme.
Comme le météore étincelant des cieux,
Viens frapper à la fois et nos cœurs et nos yeux.
Vois le peuple et la femme attendant leur Messie.
Hâte donc de ta voix la sainte prophétie;
Le peuple est un enfant qui demande un bras fort
Pour guider son esquif qui s'éloigne du port.
Eh bien! soit le nocher, car tu tiens la boussole.
Dieu posa sur ton front sa divine auréole,
Comme un phare éclatant qui brille dans la nuit,
Préviens les matelots qui marchent vers l'abîme,
Pour sauver leur esquif avant qu'il ne s'abîme.
Sois son divin flambeau, l'astre qui le conduit.

O divin Lamartine !

Tu rends, selon ton vœu,

Ta parole argentine,
Ou de miel ou de feu.

Tu montes vers les cieux comme les allouettes,

Et, là, tu lis toujours, à travers un ciel bleu,

Le chant que tu nous jettes...

Adieu,

ESPÉRANCE ET COURAGE.

Air : J'ERRAIS SEUL PAUVRE VOYAGEUR.

Toi, pauvre enfant déshérité
Des faveurs d'un siècle égoïste,
Toi pour qui le malheur existe
Et qui ne l'as pas mérité !
    Ta sainte patience
    Te portera bonheur,
    Et, pour ta récompense,
    Finira ton malheur.
    Espérance et courage !
    Va, pauvre travailleur ;
    Accepte le présage
    D'un avenir meilleur !

Assez longtems , tu n'eus pour lot
Que ta douleur héréditaire :
Aux jouissances de la terre
Tu dois participer bientôt.

 La faim , la faim hideuse,
 Fuira de ton séjour
 Et ton âme amoureuse
 Pourra goûter l'amour.
 Espérance et courage !
 Va , pauvre travailleur ;
 Accepte le présage
 D'un avenir meilleur !

Oui , c'est ton seul bras qui produit ,
Qui féconde les champs stériles :
Ce sont des hommes inutiles
Qui t'en ravissent tout le fruit.

 Mais ces larcins infâmes
 Vont finir : il est temps.
 La part que tu réclames
 Ne peut tarder longtems.
 Espérance et courage !

Va, pauvre travailleur;
Accepte le présage
D'un avenir meilleur!

Tu créais de brillants palais,
Des étoffes d'or chamarrées,
Toi qui vivais dans des chambrées
Où le soleil n'entra jamais.
    Ces étoffes magiques
    Et ces palais de roi ,
    Tes œuvres magnifiques
    Un jour, seront à toi.
    Espérance et courage !
    Va, pauvre travailleur;
    Accepte le présage
    D'un avenir meilleur !

Courbé sous des travaux ingrats
Qui te donnent le nécessaire,
Tu n'as que l'affreuse misère
Quand le travail manque à tes bras;

Et cependant le maître,
Que tu rends opulent,
Nage dans le bien-être
Qui te fait indigent.
Espérance et courage !
Va, pauvre travailleur ;
Accepte le présage
D'un avenir meilleur !

Travailleur, c'est dans l'union
Que maintenant est la victoire ;
Car tu ne trouveras la gloire
Que dans l'association.
Pour cette œuvre sublime,
Unissons nos efforts.
Pourquoi rester victime
Quand on est les plus forts ?
Espérance et courage !
Va, pauvre travailleur ;
Accepte le présage
D'un avenir meilleur !

A Mlle P......

—

Il est dans nos destins des choses infinies
Aux quelles le hasard préside bien souvent.
Ainsi l'âme, par-fois, trouve des harmonies
    Dans ces combats d'invisibles génies
      Que tourmente le vent.

Ainsi, j'ai vu l'esquif de ma vie éphémère
Brisé contre le roc par les flots orageux,
Et, quand je gémissais d'être loin de ma mère,
    Quand ma douleur me paraissait amère,
      Je me retrouve heureux.

Je me retrouve heureux , car je sens en mon âme
Le signe précurseur d'un ineffable amour ;
Car j'ai senti mon cœur tressaillir à la flamme
    Qui scintillait dans les yeux d'une femme
        Que je n'ai vu qu'un jour.

Je l'ai vue un seul jour... et mon âme en délire
La revoit , dans ses nuits, comme un ange des cieux
Qui vient pour m'inspirer par son divin sourire
    Les doux accords qui passent sur ma lyre ,
        Comme un présent des dieux.

O douce illusion , donne-moi l'espérance !
Dis-moi qu'à mon amour elle doit consentir.
Si je m'abuse , hélas ! laisse-moi l'ignorance,
    Où je n'aurai, pour finir ma souffrance ,
        Qu'à l'aimer et mourir !

UN ANGE.

Air : DE LA ROMANCE DE GUIDO ET GENIÈVRA.

J'avais soif d'un amour de femme,
Qui vint enfin lire en mon cœur,
Qui brûlât de la même flamme,
Qui cause aujourd'hui mon bonheur.

Comme un ange, sur cette terre,
Vous m'apparûtes un beau jour.
Et moi qui vivais solitaire,
A vos pieds je mis mon amour.

Pour votre amour, ma souveraine,
Vous n'aurez pas riche trésor ;
Mais sur votre beau front de reine,
Je veux mettre le rameau d'or.

Comme un ange, sur cette terre,
Vous m'apparûtes un beau jour.
Et moi qui vivais solitaire,
A vos pieds je mis mon amour.

Mais si m'on bonheur n'est qu'un songe,
Laissez-moi ma félicité ;
Car mieux nous vaut un beau mensonge,
Qu'une triste réalité.

Comme un ange, sur cette terre,
Vous m'apparûtes un beau jour.
Et moi qui vivais solitaire,
A vos pieds je mis mon amour.

A LA FRANCE.

Philippique.

—

Ton épée, ô ma France, est-elle donc rouillée ?
N'es-tu pas lasse enfin de te voir tant souillée ?
De quels nouveaux affronts faut-il donc t'abreuver ?
Toutes les lâchetés qu'on t'a fait éprouver
N'ont donc pas dans ton sein fait naître la vengeance ?
Tu préfères ramper sous une immonde engeance !
Tu n'as donc plus au cœur d'instincts de liberté ?
Tout sentiment d'honneur, France, et de dignité
Sont donc morts sous le joug d'un règne tyrannique !
Tu sus pourtant jadis d'un pouvoir despotique
Renverser par deux fois les infâmes soutiens
Et faire de tes fils des soldats citoyens !
Où sont donc maintenant ces vestiges de gloire
Que traiteront un jour de fabuleuse histoire

2

Ceux qui, dans l'avenir, apprendront les hauts faits,
Qu'en des temps de discords les français auront faits.
Où sont donc ces beaux jours de la constituante,
Où le peuple essayait sa puissance naissante,
Où le tribun, sondant le grand droit naturel,
Proclamait les humains, tous égaux sous le ciel !
France, tu n'es donc plus cette reine du monde
Où la gloire avait mis sa racine profonde ?
Tu n'es donc plus ce sol si fertile en guerriers
Qui surent te couvrir de si nobles lauriers ?
Tu n'es plus ce pays, cette terre si grande,
D'où s'envolait jadis la sainte propagande
Qui venait convier les peuples à s'unir
Par la Fraternité, seul droit de l'avenir !
Tu n'es rien aujourd'hui qu'un corps qui se transforme
Et cherche dans la nuit une nouvelle forme.
Ton élément de vie est un germe qui dort ;
Il pourra te sauver d'une complète mort ;
Mais avant d'arriver à ce port de refuge,
A ce règne du bien où la vérité juge,
Tu subiras encor d'innombrables affronts ;
On jettera la honte à tous les nobles fronts ;
Tu verras revenir les temps de la régence ;

Ton peuple gémira dans l'affreuse indigence.
Alors, tu sentiras s'émouvoir dans tes flancs
Les divins embryons de valeureux enfants ;
Ils naîtront pour remplir les vieilles prophéties,
Car ils seront pour toi de glorieux Messies.
Ils viendront accomplir tes immortels destins ;
Ils conviront le monde à de nobles festins.
Alors, luira pour toi la céleste lumière ;
La paix sur les humains régnera tout entière ;
Les tyrans couronnés partout dans l'Univers
Disparaîtront du sol ainsi que des pervers ;
De la fraternité les sublimes préceptes
Des hommes affranchis feront tous des adeptes ;
Dans le vaste concert des peuples réunis,
Au sein de l'Occident, nouveaux Etats-Unis,
Tu seras reine encor, non plus dans la discorde,
Mais reine dans la paix, régnant dans la concorde.
Pour des fils égarés un paternel pouvoir
Saura semer de fleurs le chemin du devoir ;
Il donnera la main au malheureux qui tombe,
Au lieu de le pousser vers la hideuse tombe.
Alors, chacun pourra remplir sa mission ;
Nul n'anticipera sur la damnation ;

Le juge sera bon en sentant sa faiblesse ;
Et puisqu'il est écrit : — Pardonne à qui te blesse ! —
Comment l'homme peut-il, de son autorité,
Oubliant la raison, son Dieu de charité,
Punir ce qu'il appel une faute, un grand crime,
Lorsque le condamné n'est souvent que victime ;
Et fût-il, admettons, coupable d'un forfait ;
A-t-il de la vertu connu le doux bienfait ?
A-t-on mis dans son cœur l'amour et l'espérance,
En le faisant croupir au sein de l'ignorance ?
Par un luxe impudent éveillant ses désirs,
Il a voulu goûter un peu de vos plaisirs,
Riches ; vous repoussiez sa prière importune ;
Il vous a dérobé quelque grain de fortune
Pour apaiser la faim qui dévorait ses flancs
Ou pour nourrir sa femme et ses faibles enfants.
La cause ne fait rien ; vous le faites coupable
Pour un morceau de pain, à l'homme indispensable,
Comme s'il eut volé la couronne d'un roi.
Et dans ce dernier cas toujours, devant la loi,
Un riche et fin voleur trouvera plutôt grâce
Qu'un affamé qui n'a, pour comble de disgrâce,
Que son langage brut et le cri de son cœur

Qui vient lui reprocher sa déplorable erreur.
Pourquoi n'avez-vous pas, fermant le précipice,
En soutenant le faible, arraché l'homme au vice ?
Mais non, vous exposez à des yeux irrités
Le séduisant tableau des douces voluptés ;
Il faut incessamment, comme un nouveau Tantale,
Qu'il subisse la faim, ce mal que rien n'égale.
Il résiste long-temps à la tentation ;
Mais enfin s'il succombe à la privation,
Vous le frappez alors de toutes vos colères
Et l'envoyez gémir aux fers de vos galères.
Savez-vous cependant ce qu'il aurait fallu
Pour empêcher le mal, si vous l'aviez voulu ?
— Assurer au travail une part équitable
Et faire au travailleur un état honorable ;
Accorder à chacun, à l'exemple du bien,
Sans travail, une part dans le pain quotidien.
Voilà ce qu'il faudrait avant toute autre chose !
Le mal disparaîtrait en détruisant la cause.
Mais ce temps fortuné ne luira pas pour nous,
Car, depuis trop long-temps, nous marchons à genoux
Et devant qui, mon Dieu ! devant quelques poignées
De traitres enrichis de nos pièces rognées !

Et nous voyons cela , nous , le peuple si fort ,

Sans , pour nous affranchir , faire le móindre effort !

Pauvre peuple français , tu t'apprètes des verges ;

Tu viens tendre les pieds à de dures enferges ;

Tu places sur ton front un bourrelet de fer ;

Mais tu le sentiras puisque tu l'as souffert.

Tu n'as pas assez vu de misères civiques ;

Tu ne sens pas l'effet des jurys politiques ,

De ces jurés de choix , comme en font les préfets

Pour ceux qui du pouvoir blâmeront les méfaits.

Mais tu verras bientôt descendre dans tes villes

Des bandes de mouchards , dans leur service habiles.

Tout ce qui reste encor de patriotes purs ,

Tous ceux qui traceront des poires , sur les murs ,

Seront traqués partout comme féroces bêtes ;

L'accusateur public demandera leurs têtes ,

Pour le bien de l'Etat , du pouvoir éperdu :

— Qui veut tuer son chien vous dit qu'il est mordu. —

Laissez , laissez finir toutes vos citadelles.

Par ma foi , j'en réponds , vous en verrez de belles !

Pauvres fous de Français ! nous faisions les fâchés ;

Nous refusions tout net quelques forts détachés ;

Et quelque temps plus tard, — grande chose inconnue, —

Nous demandons, bon Dieu ! l'enceinte continue ;

Et nous ne voyons pas tout l'éminent danger

Que court la Liberté, vendue à l'étranger.

Nous mettons dans les mains d'un ministère infâme

Que rien n'arrêterait, ni le fer ni la flamme,

L'arme qui d'un seul coup peut trancher à la fois

De notre liberté les éphémères lois.

Déjà les plans sont faits ; des lignes stratégiques

On apprend aux soldats les nouvelles tactiques ;

Du général en chef on sait déjà le nom :

C'est le fameux Bugeaud, le tueur de Dulong ;

Celui qui se rendit le geolier de la femme

Qui joua parmi nous un triste mélodrame

Et qui mit la Vendée et la Bretagne en deuil ;

Tribun d'un bourg pourri que l'on nomme Exideuil.

Orateur si connu du picotin d'avoine,

Qui parle le français et l'écrit comme un moine

Espagnol. Le traité qu'il fit à la Tafna

Prouve bien son génie et la gloire qu'il a.

Voyez les bulletins de toutes ses victoires

Qu'aucuns disent à tort des combats dérisoires

Voyez, dans ses rapports, quelles soumissions
Nous obtenons partout dans nos possessions.
Toujours Abd-el-Kader est en pleine déroute;
On pille ses troupeaux; on lui coupe la route;
On garde les tribus qui lui prêtaient secours;
Dans plus de cent combats il fut vaincu toujours;
Tous les lauriers conquis sous le soleil d'Afrique
C'est à lui qu'on les doit : ils sont de sa fabrique.
Et pour récompenser ce brave, sans égal,
Le roi vient justement d'en faire un maréchal.
Avant qu'il soit long-temps, ayez-en l'assurance,
Nous le verrons siéger au rang des pairs de France.
En attendant ce jour, d'Isly, qu'il a conquis
On vient de faire un duc d'un tout petit marquis.
N'est-ce pas noblement récompenser le zèle
D'un soldat valeureux et d'un sujet fidèle?
Quel guerrier plus que lui mérita cet honneur?
N'a-t-il pas dans Paris fait briller sa valeur?
De Transnonain d'Avril vous souvient-il encore?
N'est-ce pas un beau fait dont son nom se décore?
Quel est donc le Français, ingrat et factieux,
Qui pourrait repousser ce héros précieux?
Qui blamerait le choix du gracieux monarque

Qui décerne à cet homme une éclatante marque
De sa reconnaissance et de son amitié,
Pour avoir bien rempli des ordres sans pitié !
Aussi nul, mieux que lui, n'est digne de la place
De commander en chef notre nouvelle place.
Nul n'irait, comme lui, s'inspirer en haut lieu
Pour défendre avant tout l'honneur juste-milieu.
Que le républicain, que ce guerrier déteste,
Pour réclamer ses droits ou défendre le reste,
Ose jamais un jour, aux cris de liberté,
Exciter la révolte au sein de la cité. . .
Vous verrez de quels coups toutes vos meurtrières
Sauront bien vous frapper même de leurs derrières.
Car jamais le pouvoir, issu de trois grands jours,
Ne cédera des droits qu'il veut garder toujours.
Il saura repousser par la ruse ou la force
Tout ce qui du progrès peut devenir l'amorce ;
Et malheur à Paris s'il se lasse de voir
La marche à reculons des hommes du pouvoir !
De cent mille soldats le fer et la mitraille
Sauront bien étouffer les cris de la canaille.
Plutôt que de céder aux forces des partis
Son noble général ferait sauter Paris ;

Car pour servir le trône et pour le bien défendre ,
Il réduirait sans peur la capitale en cendre.
Voilà ce qui t'attend , ô pays glorieux!
Pour avoir un instant voulu fermer les yeux ,
Tu feras accomplir l'oracle du prophète
Qui prédit de Paris la ruine complète.
Mais, de ce triste jour , commencera soudain
Le règne bienfaisant du peuple souverain.

France , tu renaîtras majestueuse et belle ,
Plus grande qu'autrefois dans ta gloire nouvelle ;
Alors, tu n'auras plus , France , d'enfants maudits ,
Comme des chiens galeux dans d'immondes taudis ;
Tous les enfants de Dieu seront grands par leurs œuvres ;
Artistes et savants , industriels, manœuvres,
Tous sont des travailleurs de l'œuvre du destin,
Et tous doivent avoir part au même festin.
Ce temps sera venu du jour où les esclaves
Diront, des exploiteurs qui forgent leurs entraves :
Ils sont grands , parce que nous sommes à genoux ;
Pour être aussi grands qu'eux , esclaves, levons-nous ! ! !

NANTES , 1844.

LE MODERNE CHAR DE TRIOMPHE.

Air : LE PAPE EST GRIS.

——

Voulant renouveler l'usage
Du char des antiques vainqueurs,
Nous décernerons cet hommage
A tous les genres de grandeurs :
Tel sera le triomphe insigne
Des arts, des vertus, du talent,
Et celui qu'on en croira digne,
  Le char l'attend. (*bis*)

Un roi, dont nous verrons la France
Heureuse de l'avoir choisi,

Qui, dans plus d'une circonstance,.
Prouva qu'il n'etait pas moisi ;
Lui qui pour une faible somme
Contre l'étranger nous défend ;
Comme étant le plus honnête homme
  Le char l'attend.

Monsieur Thiers est un grand ministre ;
Dont on connaît la probité ;
Il n'enfla jamais son registre
De la plus petite unité.
Sans intérêt, mais par civisme,
Il a voté pour un régent.
Pour prix de son patriotisme
  Le char l'attend.

Le député de ma province
Est le premier des procureurs ;
Il n'est point courtisan du prince
Pour en obtenir des faveurs;
Il sait voter en conscience,

Sans lésiner sur notre argent.
Pour cette rare indépendance
    Le char l'attend.

Voyez ce prélat charitable,
Digne vicaire de Jésus,
Qui jamais ne charge sa table
De vins et de mets superflus;
Aux riches il redit sans cesse :
Donnez ou bien l'enfer vous prend !
Pour sa paternelle tendresse
    Le char l'attend.

Obéissant à son génie
Qui l'inspire dans ses écrits,
Janin n'eut point la félonie
D'écrire dans plusieurs esprits;
Si le succès lui fut fidèle
C'est qu'à l'honneur il est constant;
Pour honorer ce beau modèle
    Le char l'attend.

Les médecins homéopathes
Prétendent mieux guérir nos maux ;
Bouillaud, le chef des allopathes,
Rit des infinitésimaux,
Et les magnétiseurs de même
Sont des fous à ce qu'il prétend.
Puisqu'il nous sauve du Bohême
    Le char l'attend.

Combien notre ville est heureuse
De posséder un tel préfet ;
En vain la critique envieuse
Ridiculise ce qu'il fait.
Allez ! c'est un préfet sublime,
Comme on en trouve rarement.
Et pour lui prouver notre estime
    Le char l'attend.

BORDEAUX, 184.

A MON AMI BERTHAUD.

Eh bien ! que fais-tu donc de ta verve féconde ?
Ton cerveau couve-t-il un sujet gracieux
Ou, comme Némésis, ta muse furibonde
Polit-elle des vers toujours audacieux ?

Vois le soleil pâlir et l'arbre qui s'effeuille ;
L'hirondelle qui fuit nos champs privés de fleurs ;
Le gazon n'est plus vert au pied du chèvre-feuille
Et les monts ont perdu leurs brillantes couleurs.

Le pâtre et ses troupeaux descendent la montagne ;
Le rossignol se tait sur le bord du chemin.
Maintenant le bonheur n'est plus à la campagne
Et pour en profiter n'attends pas à demain.

Viens, poète, vers nous ; quitte ta solitude.
N'entends-tu pas déjà les sons aigus du cor ?
La meute près de toi troublerait ton étude :
Ne nous oblige pas à t'appeler encor.

Mais peut-être l'amour te retient sous ses ailes,
Arrêtant ton essor sous ses baisers brûlans,
Et ton âme de feu s'envole en étincelles,
En beaux sermens d'amour, en vers doux et brillans.

Oh ! s'il en est ainsi pourquoi ne pas le dire ?
Tu nous trouverais tous heureux de ton bonheur ;
Car, si nous chérissons les accords de ta lyre,
Nous estimons aussi les vertus de ton cœur.

Enfin de ton bonheur fais-nous suivre les voies ;
Dis-nous les rêves d'or que tu fis aux beaux jours—
Tu dois nous confier tes peines et tes joies ;
C'est le sort du poète : il doit chanter toujours.

www.ingramcontent.com/pod-product-compliance
Lightning Source LLC
Chambersburg PA
CBHW061608180626
46818CB00005B/2002